P. VIRGILIVS
MARO

LE BERCEAU DE VIRGILE.

OU,

LES BERGERS DE MANTOUE.

INTERMEDE

A L'OCCASION DE LA PAIX.

PAR J. LOUIS BRAD.

Mantua me genuit. Virg.

A VERONE

Chez les Heritiers de Marc Moroni imprimeur
libraire dans la rue neuve;
et chez les Libraires de Mantoue.

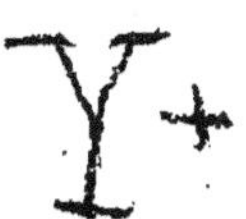

PREFACE.

Quel est l'etranger, qui, voyageant en Italie, n'a pas été visiter près de Mantoue le village, ou Virgile nàcquit? quel est le jeune homme, qui ne s'est pas empressé d'aller parcourir les bords du Mincio si chers par les souvenirs que laissent toujours l'enfance, l'age heureux des prémières études, et les tendres soins de nos précepteurs? pour moi l'imagination toute remplie du chantre de Mantoue, des beaux jours de mon enfance, et des bontés de celui qui présida à mon éducation, j'ai visité, avec un délire bien doux, ces lieux dont les noms m'étaient précieux avant que je les visse.

L'Italie respirant après une longue guerre, la France heureuse, la paix donnée au monde, les environs de Mantoue en repos, le nom du héros dont ces prodiges sont l'ouvrage, et puis la lecture de quelques unes des eglogues de Virgile ; tout cela m'a fait naitre l'idée de l'espéce de pastorale que j'offre en ce moment au public: je laisse aux lecteurs à juger si mes vers sont dignes de mon sujet ; seulement pour les justifier, je leur dirai que j'ai traduit, ou imité Virgile dans beaucoup d'endroits, et que je me suis déterminé à les faire imprimer, d'après le jugement de quelques savants, membres de l'Académie de Virgile à Mantoue, qui honorent ma jeunesse de leurs bontés.

DEDICACE

A

BONAPARTE.

Nouveau Titus, ô toi, qui fais du monde
    Et les délices et l'amour,
Toi, dont en France on bénit chaque jour
    Le nom par qui notre Bonheur se fonde,
Permets que des Bergers t'expriment à leur tour
    Leur reconnaissance profonde.
De l'habitant des champs la simple et douce voix
    Pour toi ne peut être etrangère :
    Car on t'aime sous la chaumière,
    Comme on t'admire *chez* les rois.

ACTEURS

DE L'INTERMÈDE.

TIRSIS,
TITIRE,
PALEMON,
}
Bergers

NERIS,
EGLE,
GALATEE,
}
Bergères

Un Général Français.
Un Officier.
Une division de l'Armée.
Apollon.
Les Muses.
Troupe de laboureurs, de Bergers, et de Bergères.

*La Scène est sur les bords du Mincio dans le village
ou nacquit Virgile, qu'on appelle Pietolo en Italien, et Andes en latin.*

LE BERCEAU DE VIRGILE.

SCENE PREMIERE.

Le théatre représente les bords du Mincio dont les Campagnes sont dévastées ; des chaumières abandonnées s'apperçoivent sur le rivage : dans un Bosquet à droite est le Berceau de Virgile renversé ; Mantoüe parait à gauche à peu de distance, l'aurore commence à paraitre, le ciel est couvert de nuages qui se divisent, et semblent promettre un beau jour.

TIRSIS.

Il arrive avec lenteur ; sa flutte pend à ses cotés, il parcourt tristement ces lieux, exprime sa douleur par ses gestes, puis, entendant quelques coups de canon, il chante avec désespoir.

Eh, quoi, sans cesse entendrons-nous l'orage ?
Pour les Bergers n'est-il de plus Beaux jours ?
J'ai vu jadis le Bonheur au village,
Faut-il, hélas ! le perdre pour toujours ?

on entend de nouveaux coups de canon.

8

La foudre gronde, et menace nos têtes,
On nous prépare encore des combats:
Pour éviter de nouvelles tempêtes
Bergers, quittez ces malheureux climats, (*)

Fleurs du printems, que ma main eût ceuillies
Pour embellir le sein de mon Eglé,
Depuis long-temps par l'orage fletries
De ce bonheur le sort vous a privé.

Et toi surtout, o ma chere musette,
N'espère plus de charmer les echos ; (**)

on entend des sons de trompette vers Mantoue.

Quand on entend la funeste trompette,
Il faut briser nos faibles chalumeaux.

il va pour briser sa flutte.

SCENE DEUXIEME.

TIRSIS ET TITIRE.

TITIRE.

Tirsis, arrête ; oh, dieux, qu'oses-tu faire ?
D'ou vient ce désespoir ?... un accident nouveau
N'aurait-il point . . . .

(*) *Nos patriam fugimus.* Virg. egl. I.
(**) *Carmina nulla canam.* Virg. egl. I.

TIRSIS *tristement.*

Ecoute ; es-tu de ce hameau ?

TITIRE.

Tu le sais.

TIRSIS.

N'as-tu pas près d'ici ta chaumière ?

TITIRE.

Sans doute.

TIRSIS.

As-tu dans ces lieux ton troupeau ? . . .

TITIRE.

Pourquoi ?

TIRSIS.

N'as-tu jamais aimé quelque Bergère ?

TITIRE.

Hélas !

TIRSIS.

As-tu des amis, un vieux pere ?

TITIRE *soupirant.*

Je les avais, je n'ai plus rien.

Les malheurs de la guerre. . . . .

TIRSIS *l'interrompant.*

Et bien

Laisse moi donc à ma douleur amère,

J'ai perdu tous ces biens . . mais, tiens, n'entens-tu pas

coups de Canon.

Ce bruit affreux, cet horrible fracas,

Dont retentissent les montagnes,

Et ne vois-tu pas nos campagnes

Offrir partout l'image des combats ?

Tout est en proie à la fureur des armes,

10

Le sang humain ruisselle et se mêle à nos pleurs;
Tous ces lieux sont remplis d'épouvante et d'alarmes,
Et tu peux demander d'ou viennent mes douleurs!

TITIRE.

Ainsi que toi, j'ai vu dans nos contrées
Depuis cinq ans la guerre et ses fureurs,
Je sais, Tirsis, combien d'horreurs
Ont désolé ces rives eplorées;
Mais un tems plus heureux est-il désespéré?

TIRSIS.

Ne nous abusons point; tout espérance est vaine;
Vers des maux infinis le destin nous entraine;
Ami, nous n'avons pas encore assez pleuré,
Et l'on verra plutôt dans le tems où nous sommes,
Le cerf léger se nourrir dans les airs, (*)
Et les poissons abandonner les mers,
Que la paix revenir habiter chez les hommes.

TITIRE.

Long-temps j'ai pensé comme toi.

TIRSIS.

Mon cher Titire, écoute moi;
De mes chagrins entens la longue histoire,
Et vois combien, lorsque les rois
S'arment pour deffendre leurs droits,
Les Bergers payent cher ce qu'ils nomment la gloire.

Il chante avec douleur.

(*) *Ante leves ergo pascentur in ætere cervi,*
et freta destituent nudos in littore pisces. Virg. egl. I.

ROMANCE.

J'avais apperçu l'autre jour (*)
Un nid de tourterelles ;
Ivre d'espérance et d'amour,
Je veillais autour d'elles :
Croissez, disais-je, heureux oiseaux,
Pour être à ma bergère ;
Un soir que je disais ces mots,
Je vois le nid par terre.

Un jour sur le voisin côteau,
Avec mon chien fidèle,
Je menais paître mon troupeau,
Lui, faisait sentinelle ;
Quand du milieu de ces buissons
Sort une troupe impie ;
Soudain mon chien et mes moutons
Sont à mes pieds sans vie.

Triste, et les yeux baignés de pleurs,
Je retourne au village ;
Au tour de moi des cris d'horreurs
Remplissaient le rivage,
Je vois de farouches soldats
Qui pillaient ma chaumière,
Et d'autres plus cruels, hélas !
Emmenaient ma Bergère.

(*) *Parta meæ veneri sunt munera ; namque notavi ipse locum, æriæ quo congessere palumbes.* Virg. egl. III.

Je la demande à l'echo nuit et jour
Depuis l'horrible instant qui me sépara d'elle,
L'echo ne répond point à ma douleur mortelle.

TITIRE.

Ainsi que toi je connaissais l'amour,
Cher Tirsis, tu le sais; et mon ame enchantée
Dans les beaux yeux de galatée
Trouvait de mes ardeurs le plus entier retour.
Combien de fois au fond de ces bocages
En l'écoutant chanter je me sentais heureux !
Combien de fois sous ces discrets ombrages
Le même amour nous réunit tous deux !
O vous, témoins des discours amoureux
Sortis de sa bouche chérie,
Pour les remplir d'une douce harmonie,
Vents, portez les aux oreilles des dieux. (*)

D U O.

TIRSIS.

Eglé plus fraiche que la rose,
Que le primtems voit entrouvrir,
Etait comme elle à peine eclose
Pour l'amour et pour le plaisir.

TOUS DEUX.

Du plus beau lis de la prairie
Son sein possédait la blancheur,

(*) *O quoties et quæ nobis galatea locuta est!*
portem aliquam, venti, divum referatis ad aures. Virg. egl. VII.

Et de la plus douce embroisie
Son haleine avait la douceur. (*)

TITIRE.

Au sein des paisibles campagnes ,
Riche de toutes ses couleurs ,
Galatée entre ses compagnes ,
Paraissait la reine des coeurs .

TOUS DEUX.

Les fleurs qui s'empressaient d'eclore
Pour orner ses jeunes appas ,
Ainsi qu'à l'approche de flore ,
S'inclinaient toutes sous ses pas .

TOUS DEUX.

Les plus aimables des bergères ,
Les délices de nos bergers ,
Sur des montagnes etrangères
Sont en proie à mille dangers ;

avec expression.

O dieux ; protégez nos amies ,
De graces , veillez sur leurs jours ,
Ou , tranchez le fil de nos vies ,
S'il faut les perdre pour toujours .

(*) *Nerine galatea thimo mihi dulcior hybla, candidior cygnis .* Virg. egl. VII.

C'est peu que le chagrin qui tous deux nous dévore ;
L'infortune de tous est bien plus grande encore ;
   De tous cotés jette avec moi les yeux ,
Vois ces sombres vallons , ce lugubre rivage ;
Tout y peint des humains la fureur et la rage,
Tout y retrace aux sens la colère des dieux :
       Nos bosquets n'ont plus de verdure ,
       Nos champs ont perdu leur fraicheur ,
       Et le mincio ne murmure
       Que de tristesse et de douleur :
L'herbe de la prairie aride et dessechée ,
S'efface sous les camps de cent mille-soldats :
Par leurs chevaux nombreux la plaine est ravagée ,
Et l'espoir des moissons disparait sous leurs pas :
D'arbres déracinés la campagne est jonchée ,
Sur nos côteaux déserts l'ormeau tombe avec bruit,
       Et près de lui la vigne détachée
       Languit et meurt, en perdant son appui . (*)
       Malheureux fruit des discordes civiles, ...
Voilà donc ceux-pour qui nous cultivons nos champs! (**)
Quand on n'est que berger , quand on vit loin des villes,
       Devrait-on redouter le pouvoir des méchants?
Mais ce qui plus encor'me désole et m'afflige,
C'est de voir près de nous un monument sacré ,

   (*) *Liber pampineas invidit collibus umbras.*
     Virg. egl.
   (**) .... *En quo discordia cives perduxit miseros ;*
en queis consevimus agros. Virg. egl. I.

Respecté, par le tems, et des dieux révéré,
Detruit par des soldats que la fureur dirige :
  Tourne les yeux, regarde ce hameau,
Vois ce laurier brisé, cette triste chaumière,
Ce feuillage fletri, ce bosquet solitaire ;
De l'ami des Bergers ce fut là le berceau ;
Sous une humble cabane ici nâcquit Virgile ;
Et lorsque sur des fleurs, dans un abri tranquille
Les nimphes se chargeaient du soin de le nourrir,
Pan, la flutte à la main, vint lui même s'offrir
      Pour apprendre à sa tendre enfance
  Ces doux accords, ces sons harmonieux,
  Dont il retint si bien la magique puissance,
  Qu'il apprit à chanter les héros et les dieux,
  D'un monument si cher voilà les tristes restes . . . .
  Dieux, protecteurs des bergers et des champs,
  Vous, qui voyez nos disgraces funestes,
  Etes-vous aujourdhui moins forts que les mechants!

SCENE TROISIEME.

Les précédents, PALEMON, et NERIS.

————————

PALEMON *dans le fond du théatre.*

Quelle sombre tristesse, et quel profond silence !..

NERIS *également dans le fond du théatre.*

Quel aspect douloureux !.. que ces lieux sont changés !..

PALEMON.

Côteaux heureux jadis, séjour de l'innocence,

Vallons , ou le travail appellait l'abondance,

La guerre aussi vous a donc ravagés ?...

Aucun berger ne se présente ....

NERIS.

Sans doute ils auront fui ces lieux,

Puisque tout y retrace aux yeux

Le désespoir et l'épouvante :

elle regarde à droite

Mais j'apperçois des bergers qui là bas. . . .

PALEMON.

De nous ils détournent leurs pas :

Approchons, car sans doute ils sont du voisinage,

Il appelle.

Bergers ;

TITIRE *se retournant*.

Ah, c'est vous, palémon ?
Qui vous amene ici?

PALEMON.

J'ai quitté mon village,
Pour venir dans ces lieux apporter en son nom,
Les présents qu'a virgile il offre pour hommage.

NERIS.

Ce sont des fleurs, des fruits, et du laitage,
Que nous venons selon l'usage offrir
Au berceau de celui qui dans un doux loisir,
Chanta si bien les champs, les bois, et leur ombrage.

TIRSIS.

Hélas, pour un si beau message,
Vous choisissez bien mal et les lieux, et le tems :
Que peuvent des pasteurs, et leurs dons innocents
Dans les lieux ou la guerre a porté le ravage?

NERIS.

Le sentiment prescrivait ce voyage.

TIRSIS.

Mais, dites nous, par quel effort
Du mincio franchissant l'étendue,
Etes-vous arrivés d'un bord à l'autre bord ?

PALEMON.

Par le devoir notre ame soutenue
A su braver des périls passagers ;
Dailleurs ces soldats etrangers,
Qui dans nos champs repandaient les allarmes,
Depuis hier reposent sur leurs armes,
Et n'effrayent plus les bergers.

b

TITIRE.

Que dites vous ?... quel changement prospère ?..
Quoi ! n'aurions-nous plus d'ennemis ?

NERIS.

On dirait que, lassés de se faire la guerre,
Ils gémissent des maux que la guerre a produits,
Peut-être, hélas, la paix.....

TIRSIS *avec chaleur.*

La paix ! ..o mes amis,
Quel nom vous prononcez, et quel dieu tutelaire
Prendrait pitié des maux de ce païs ?
Mais non ...

PALEMON.

Pourquoi ? le plus affreux orage ..
Est souvent suivi d'un beau jour:
Je ne sais trop ; quelque secret présage
M'annonce de la paix le fortuné retour.
On dit, que le héros, qui gouverne la france,
Du haut de son palais par la gloire habité
Jette sur les bergers des regards de bonté,
Et promet aux hameaux son auguste assistance;
On connait de son bras le pouvoir redouté ;
On chérit de son cœur la noble bienfaisance:
Vous souvient-il que ce héros français
Visita ce village, et nos humbles chaumières? (*)

(*) *Bonaparte en l'an cinq, fut avec son épouse visiter*
près de mantoue, le village ou nacquit Virgile.

Simple, modeste, et d'un facile accés.
Il nous parlait, comme on parle á des frères,

N E R I S.

Nous l'avons vu ce jeune conquérant (*)
C'était un dieu pour nous :

T I T I R E.

Ce guerrier triomphant
Dans le cours immortel des ses vastes conquêtes
Voulut bien un instant porter ici ses pas :
Bergers, nous disait-il, allez, je ne veux pas
Suspendre vos travaux, interrompre vos fêtes,
Retournez à vos champs, rejoignez vos troupeaux, (**)
Rassurez vos esprits contre un moment d'orage ;
Je viens protéger les hameaux,
Votre bonheur est mon plus bel ouvrage :
Il dit ; et d'un signal qu'il fit à ses soldats,
Au milieu de son camp qui menaçait la ville,
Ce village, ou nâcquit Virgile,
Fut préservé du malheur des combats. (***)

T I R S I S.

Ce jeune homme est un dieu descendu sur la terre :
Mais, on dit que, pour prix de ses rares succès,
Il fut par des méchants éxilé pour jamais
Au sein d'une terre etrangère.

(*) *Hic illum vidi juvenem.* Virg. egl. I.

(**) *Pascite, ut ante, boves, pueri, submittite tauros.*
Virg. egl. I.

(***) *Bonaparte général en chef de l'armée d'italie exempta de toute contribution militaire le village de Pietolo.*

P A L E M O N .

Il est vrai ; mais les dieux qui veillaient sur ses jours,
Les dieux, dont les français imploraient le secours,
L'ont ramené couvert de gloire,
Et même dans ces lieux la voix de la victoire
A déjà mille fois proclamé son retour.

T I R S I S .

O changement heureux, o trop fortuné jour !
C'est donc sur ce hèros que notre espoir se fonde. (*)

Il regarde le ciel.

Dèjà ce ciel d'azur, ce soleil radieux
Semblent nous annoncer qu'en ce moment les dieux
S'entendent avec lui pour consoler le monde.

T I T I R E .

Sublime accord des dieux, et d'un jeune hèros,
Présage heureux donné par la nature,
Voix de nos coeurs et si douce, et si pure,
Oh, vous nous promettez un terme à tous nos maux. (**)

Q U A T U O R .

T I T I R E .

J'ai cru voir, en passant hier dans la prairie,
L'onde du Mincio couler plus lentement ;
Je sentais naitre en moi cette mélancolie
Qu'au matin d'un beau jour dans son ame on ressent.

(**) *Teque adeo decus hoc ævi, te consule inibit.* Virg.
egl. IV.

(**) *Te duce, si qua manent sceleris vestigia nostri
Irrita perpetuâ solvent formidine terras.* Virg. egl. IV.

PALÉMON.

Au lieu des aquilons et des vents en furie,
Qui soufflaient sur nos champs le froid et les hivers,
Sentez vous le zéphir dont l'haleine chérie
Répand en folatrant le calme dans les airs?

NÉRIS.

Ce matin, moi, jai vu tout près de ce bocage
Deux oiseaux, que l'amour venait de réunir,
Dans le creux d'un ormeau renversé par l'orage,
Faire ensemble leur nid, et chanter de plaisir.

TIRSIS.

J'apperçus l'autre jour un jeune essaim d'abeilles,
Un instant égaré, puis rapproché soudain,
Placer de son travail les utiles merveilles
Sur le Berceau chéri de son chantre divin.

TOUS QUATRE.

Puisse, au lever de la prochaine aurore,
Reverdir le laurier qui couvre son Berceau :
Au tour de lui puissions nous voir eclore
Les fleurs . . .

TIRSIS *regardant vers le côteau.*
Mais, qu'appercois-je au pied de ce côteau?
TOUS *regardant.*
C'est un guerrier; fuyons, fuyons encore.

<hr>

SCENE QUATRIEME.

Les précédents, UN OFFICIER FRANCAIS.

<hr>

L'OFFICIER *avec bonté*.

Bergers, ne fuyez pas, calmez votre frayeur,
Je vous annonce le bonheur.
UN BERGER *effrayé*.
Le bonheur !.. vous ?.. mais vous faites la guerre...,
Et comment se peut-il ?....
L'OFFICIER.

Pasteurs, je suis français.

LES BERGERS *rassurés*.

Ah, dieux, nous respirons.

NERIS.

Comme ce nom sait plaire !....
PALEMON.

Il annonça toujours la gloire et des succés.
L'OFFICIER.

Il annonce aujourdhui la paix.

*Les Bergers se rapprochent de l'Officier et ce dernier
chante au milieu d'eux.*

Bons habitants de ce village,

Oh, ne fuyez pas un français,
Après de longs jours de carnage,
Je viens vous annoncer la paix.

LES BERGERS *répétent*.

Bons habitants de ce village,
Oh, ne fuyons pas un français,
Après de longs jours de carnage,
Il vient nous annoncer la paix.

L'OFFICIER.

De nos canons la foudre amie
Ne tonne plus dans vos climats,
Que pour apprendre à l'Italie
Le jour ou cessent les combats.

LES BERGERS.

Bons habitans . . .

L'OFFICIER.

Le héros qu'admire le monde,
Et que vous vîtes dans ces lieux,
Touché de leur douleur profonde,
Veut rendre les Bergers heureux.

LES BERGERS.

Bons habitans de ce village,
Bénissons le héros français,
Après de longs jours de carnage,
C'est lui qui nous donne la paix.

L'OFFICIER.

Deux fois vainqueur en Italie,
Il vous donne la paix deux fois,
Vous étiez privés de patrie,
Il vous en offre tous les droits.

LES BERGERS.

Bons habitants . . . .

L'OFFICIER.

La paix : voilà, Bergers, sa plus belle conquête,
Et pour en consacrer les durables bienfaits,
Dans un instant vous verrez les français
Un berceau de Virgile en célebrer la fête.

il sort.

SCENE CINQUIEME.

LES BERGERS et NERIS.

PALEMON.

Allons apprendre á nos hameaux
Qu'ils n'auront plus à gémir davantage ;
Et préparons nos chalumeaux,
Pour chanter le héros dont la paix est l'ouvrage.

TITIRE.

Amis, célebrons le retour
De la paix qui sourit á la terre enchantée ;
Mais, j'eprouve en mon coeur qu'il n'est plus de beau jour
Pour moi qui suis privé de revoir Galatée.

TIRSIS.

Notre repos est assuré,
Des fêtes voilà la plus belle,

Mais il y manque mon eglé,
Et tout, hélas, manque avec elle.
NERIS.
Galatée . . Eglé . . . dites vous ? . . .
Je les connais ; sur la rive opposée
Depuis cinq jours elles sont parmi nous.
TIRSIS.
Quoi ! mon Eglé ?
TITIRE.
Quoi ! Galatée ? . . .
NERIS, *se plaçant entre eux deux.*
Oui, vous dis-je, je les connais ;
Ecoutez, et voyez si ce sont là leurs traits.
Elle chante.
ROMANCE.
Je vois souvent dans le village
Une Bergère de quinze ans,
Ses yeux baissés et languissants,
D'amour expriment le lengage :
TIRSIS.
C'est mon eglé, dieux, qui pourrait
La méconnaitre à ce portrait ?
NERIS.
Je sais encore une Bergère
Qui touche à peine à son printems,
Ses yeux sont noirs et ravissants,
Sa taille élégante et légère.
TITIRE.
C'est Galatée, eh, qui pourrait
La méconnaitre à ce portrait ?

NÉRIS.

La première a pour apanage,
Et la tendresse, et la douceur ;
Une ame sensible, un bon cœur
Se peignent sur son beau visage.

TIRSIS.

C'est mon Eglé. . . .

NÉRIS.

L'autre, aussi touchante, aussi belle,
Charme et séduit par son esprit,
Et dans chaque mot qu'elle dit
Découvre une grace nouvelle.

TITIRE.

C'est Galatée. . . .

NÉRIS.

Ces jeunes Bergères entre elles
De leurs amants parlent toujours,
Et j'ai jugé par leurs discours
Que c'étaient des amants fidèles.

LES DEUX BERGERS.

C'est ma Bergère, eh, qui pourrait
La méconnaître à ce portrait ?

TITIRE.

Allons, Tirsis, chercher nos deux Bergères.

Comme ils vont pour partir on entend les sons d'une musique militaire dans l'éloignement et quelques coups de canon mêlés à des chants de joie: cette musique doit être douce et mélodieuse ; les Bergers s'arrêtent et expriment leur surprise et leur contentement.

PALEMON.

Entendez-vous ces chants harmonieux,
Ces doux accords, ces fanfares guerrières ?

TITIRE *avec extase*.

Comme ils sont beaux ... qu'ils sont mélodieux ! ...

TIRSIS.

Des sons aussi touchants ne sont point ordinaires.

TITIRE.

On dirait un concert qu'ici donnent les dieux,

NERIS *regardant*.

Ah, ce sont les français qui viennent en ces lieux.

SCENE SIXIEME.

*Les précédents, et l'armée, qui défile précédée de la
musique, le général tient une branche d'olivier à la main:
chaque soldat en a une à son chapeau, mêlée à des lauriers:
pendant l'évolution que fait l'armée, on apperçoit sur la rive
opposée du Mincio, des Bergers et des Bergères portant des
fleurs; ils expriment leur joie et le désir de passer.*

LE GENERAL.

Paisibles habitants de ces humbles chaumières,
Bergers, qui si long-tems connûtes la douleur,
Je viens vous annoncer le retour du bonheur :
La paix, l'aimable paix est rendüe à la terre,
Commencez dès ce jour à goûter ses bienfaits :

Ne pensons plus aux maux que nous causa la guerre,
Et jouissons enfin du fruit de nos succès :
Les bords du Mincio séparés par l'orage,
Vont être réunis au gré de vos souhaits,
Et les Bergers heureux de son double rivage,
Unis et confondus, le seront pour jamais.
Que l'auguste hameau, qui vit naître Virgile,
Voie en un si beau jour parmi les rangs français
Rapprocher les enfants des champs et de la ville,
Sous l'olivier fleuri que vous offre la paix.

On fait un pont à la hâte : quelques Bergers passent le fleuve avec des nacelles ; Tirsis et Titire retrouvent leurs Bergères. marche champêtre : troupe de Bergers et de Bergères portant des fleurs, et précédés d'une troupe d'enfants qui portent des oiseaux. Suivent des meres qui portent des enfants à la mamelle ; des troupeaux, des charuës et des laboureurs ferment la marche.

CHŒUR DE BERGERS.

La guerre avait dans les forêts
Relegué Bergers et Bergères ;
Aujourdhui la voix de la paix
Les rappellent dans leurs chaumières.

UN AUTRE CHŒUR.

Des barbares sortis du nord,
Avaient inondé nos contrées ;
Mais des français le noble effort
Les a pour jamais délivrées.

UN GROUPE DE VIEILLARDS.

les mains levées vers le ciel.

Dieux, qui protégez les hameaux,

Accordez nous votre assistance, (*)
Et quelque fois sur nos côteaux
Descendez avec l'abondance.

On entend tonner vers le Berceau de *Virgile*, et au moment où les yeux se portent de ce coté, on apperçoit apollon et les muses qui descendent sur un nuage représentant le mont parnasse; apollon touche la lyre; les muses forment avec lui un concert; le nuage s'arrête sur le Berceau.

SCENE SEPTIEME.

APOLLON ET LES MUSES.

APOLLON, *il chante en touchant la lyre*,

Quand l'auguste fille des cieux,
La paix, redescend au village,
C'est le prémier plaisir des dieux
Que d'y voir bénir leur ouvrage;
Je ne viens point dans vos vergers
Etaler la grandeur suprème;
Il n'est que l'ami des Bergers
Le dieu qui fut Berger lui même.

LES MUSES *repètent*.
Il n'est que l'ami....

(*) *Sis bonus, o felixque tuis* Virg. egl. V.

APOLLON.

Des pasteurs le fier ennemi,
Mars, ici porta le ravage;
Et le Berceau de votre ami
Ne fut pas exempt de sa rage :
Le dieu des vers vient aujourdhui
Réparer ce sanglant outrage,
Et dans ce lieu digne de lui
Le parnasse offre son hommage.

Un rayon lumineux tombe sur le Berceau qui se relè-ve: des fleurs s'echappent du nuage qui figure le mont par-nasse; et pendant qu'il se retire peu à peu, les muses chan-tent ce refrein :

Et dans ce lieu digne de lui
Le parnasse offre son hommage.

❦❦❦❦❦❦❦❦❦❦❦❦❦❦❦❦❦❦❦❦❦❦❦❦

SCENE HUITIEME ET DERNIERE.

Les mêmes, sans APOLLON et les MUSES.

TIRSIS, TITIRE, PALÉMON, EGLÉ, GALA-TÉE *et* NÉRIS *s'approchent du Berceau, les Bergères y sément des fleurs et les Bergers le couvrent de feuillage.*

ils chantent.

LES BERGERES.

Ornons ce monument de fleurs,

LES BERGERS.

Couvrons le d'un épais feuillage.

LES BERGÈRES.

Celui qui chanta les pasteurs,

LES BERGERS.

Doit aimer les fleurs et l'ombrage.

TOUS *avec sentiment.*

Berceau, témoin de nos ardeurs,
Des amants sois toujours l'asile;
Car il n'appartient qu'aux bons cœurs
De chérir l'amour et Virgile.

LE CHŒUR *répète.*

Car il n'appartient . . .

GROUPE DE VIEILLARDS.

ils offrent des fruits.

Toi, qui repandis sur les champs
La fertilité, l'abondance,
Virgile, tu vois leurs enfants
T'exprimer leur reconnaissance.
Berceau chéri des laboureurs,
Oh, reste toujours notre asile;
Car il n'appartient qu'aux bons cœurs
De chérir les champs et Virgile.

LE CHŒUR.

Car il n'appartient . . .

GROUPE D'ENFANTS

ils offrent des oiseaux
qui s'envolent sur le Berceau.

Soyez libres, tendres oiseaux,
Allez chanter dans ce bocage,
Et dans vos chants toujours nouveaux
A Virgile offrez notre hommage;

Dites lui, qu'enfants de pasteurs,
Nous aimons aussi cet asile;
Car il n'appartient qu'aux bons cœurs
D'aimer la nature et Virgile.

LE CHŒUR.

Car il n'appartient . . .

GROUPE DE FRANÇAIS.

ils offrent leurs lauriers.

Ces lauriers ont été ceuillis
Dans le chemin de la victoire,
Virgile, à tes pieds réunis,
Il sont au temple de la gloire;
Si tu vois les français vainqueurs
Se réunir dans cet asile,
C'est qu'il n'appartient qu'aux bons cœurs
De chérir la gloire et Virgile.

LE CHŒUR.

C'est qu'il n'appartient qu'aux bons cœurs
De chérir la gloire et Virgile.

La fête se termine par des danses champêtres.